KB075664

쏘가리, 호랑이

쏘가리, 호랑이

이정훈 시집

창비

차
례

제 1 부

마지막에 대하여

마지막, 소리 내면
지금도 목울대에 등자 같은 게 솟아오른다
아버지만 해도 그렇지,
건빵 한봉지가 다였다니
나는 밤나무 꼭대기의 저녁 햇살이
성 엘모의 불이었다고 기억한다
폭풍 속 배의 마스트에 환했다던 그 불덩이
아버지는 건빵 한봉지를 쥐여주고
마당 속으로 가라앉은 거다
마지막이란 말은 그러고 보니,란 말 뒤
안장에 매달린 건빵 자루처럼 덜렁거린다
건빵을 하나씩 꺼내 먹으며
막막한 마당 밖으로 밀려가는 중이다
단단하고 물기라곤 하나 없는 막
막의 한 끝을 혀로 녹여
수프처럼 물렁하게 만드는 게 여정의 끝
마지막은 넓고 황량해
줄 게 건빵뿐인 이가 처음도 마지막도 아니겠지
그러나 얼마나 멋지냐

산맥을 타넘어도, 들판을 가로질러도 좋고
키클롭스와 세이렌의 바다를 떠돌아도 좋고
좋은 것을 찾아 더 멀리 헤매는 사람의 운명
마지막,
말하고 나면 금방이라도
힘센 말이 나를 싣고 떠날 것 같은 기분이 드는 이유다

사슴이 달린다

바람은 왜 먼 곳에 와
뿔을 치며 우나

붉은 사슴들이
장대한 머리를 세워 싸우는 북쪽

얽힌 뿔을 빼지 못한
바람은 왜 기를 쓰고 내게로 불어오나

사슴이 달린다
시호테알린과 싱안링, 함경산맥과 낭림산맥을 지나
태백산맥 중턱까지 내려온 바람 속

아득한
대지와 바다가 얽혀 뼈를 말리는 소리
죽은 자리로만 떠도는 저 소리

우우, 굶어 죽고
죽어서도 떨어질 수 없는 것들의 울음을 끌며

내 고향은 뒷산보다 멀어
어머니 아버지보다 멀어

너무 가까이 온 게 아니었을까,
인가에서 멀어지려는 짐승이
가지를 분지르며 산등성이 넘어간다

잔월(殘月)

벚꽃 지는 날엔 장닭 한마리 엮어 장모께나 가볼까
일찍 갠 새벽 발바닥 꽃잎 찍으며 박석고개 넘어갈까
나 왔수, 문지방에 앉아
도깨비처럼 닭다리 한쪽 질기게 뜯을까

방망이는 댓돌에 걸쳐두고

하루

여자는
여자들끼리 씨앗 넘겨받아
손가락 하나 깊이
그림자가 차오르는 구덩이

십년 전 신문지에 싼
외씨도 외씨지만
아무렇지도 않게 매달린

캄캄 오래된 햇살
수분과 바람의 생각이 조그맣고 측은해

아이들은 다 꼬깃꼬깃
물음표 하나씩을 쥐고 태어나
장독 뚜껑을 열어놓은 채
마당 끝으로 내닫던 시절을 잊었지

씨방이라나 꽃부리라나

처마 끝 보드라운 흙 위에 바람의 옷섶
단숨에 내리뻗는 뿌리
얇고 구멍 많은 몸속으로 걸어들어가
언젠가 대가리 쪽이 툭 터져

답답해서 혼났네!
주먹 같은 순이 줄기를 당기며
태양으로, 태양 쪽으로 몸이 흔들려

늙은 산과 강물이
헌 포대기를 펼쳐놓은 언덕
몇방울 물이나 거름 한줌 모른 척 뿌리고 가는
사내 꼬투리로 태어나도 좋겠다고

꼬불꼬불 고갯길이
백년 바깥세상 기웃거렸다

* 다수(多水) 사시던 사돈댁 할머니가 우리 어머니에게 신문지에 싼 토종 오이 씨앗을 건네주셨다. 그리고 곧 돌아가셨다. 어느 봄, 어머니는 문득 오이 씨앗 생각이 났다고 하셨다. 여름내 달고 시원한 오이가 마당 가에 달렸다.

우화

토끼풀을 먹고 푸른 생리를 했어
실뿌리 돋아 햇빛을 단내 나게 씹었으면
나팔꽃 향기 하얀 알 풀밭이 좋겠어
머리칼을 새들에게 나눠주고
내 가시로 언덕 가득 덤불숲
강물과 들판과 푸른 하늘
나는 날마다 토끼가 되었다
옥수수수염 검게 타는 밭둑을 베고
죽음을 아주 먼 데로 데려갔으면
몸뚱이에 붉은빛이 돌아와 인간의 아이를 가져도 될까
그때 돼지비계 같은 구름 숭숭
밭고랑을 밀전병처럼 말며 소낙비야, 지나가라
더벅머리 막내 호랑가시나무 언덕에
바람 머리칼 새끼들 뛰노는 날
화연(花宴), 화연(化緣)이라고 산 위에 우르르 바퀴 소리
내 가죽으로 허수아비를 만들려는
마부의 가련한 얼굴도 나는 용서한다

* 2010년 겨울, 토끼풀을 뜯어 먹던 북한의 '꽃제비' 여성이 아사했
다는 기사가 실렸다. 꽃과 제비는 무슨 상관 있겠는가.

저녁의 푸른 유리

널 어디서 본 것 같다

쏘가리 삼촌이라 불렸지 쏘가리 애인이라 했고 파란 물 들어라, 새잎 피고 덤불 시들 때 쑥 뜯어 수경만 행궜다 친구들은 물 밖에서 군대에 가고 결혼하고

아이들은 물엣것처럼 자라지 바위 그늘 돌무더기와 굴속에서 빛나던 살빛을 사랑했다 말할 수 있을까 삽날 같은 꼬리 끝으로 무얼 하는지 알지 물 위에 똬리 틀고 둥둥 떠내려 가는 것도 보았어

돌 이불 떼어 쓰고 겨울잠 자던 물고기들의 처마 떠내려 간 흔적을 메우며 떠내려온 바위 밑을 흘러간다 내 강물, 투신하는 눈발처럼 빗방울처럼 아이들 흔적 없고 친구들과 애인들은 아프거나 바쁘다

이젠 아무것도 잡지 않을 거라네, 물은 깊고 해는 일찍 져 강변에 돌처럼 박혀 쏘가리를 생각하시게 면도날 아가미와 열세개의 등 가시 그리고 가장 굵고 억센 가시, 나는 날 어디

에 쓰려는 걸까

  샘물에서만 사는 물고기를 만난 적 있다 돌 틈에서 할딱
거리던 네 고향은 먼 상류 잡지 않았지, 결국 살지 못했겠지
만 흰창이 없는 눈꺼풀도 없는

  어둠이 솟아나는 동굴이 있다 하늘을 건너오는 쓸쓸하고
푸른

모시는 글

가장 먼 데 반짝이는 별
강물보다 멀리 가는 눈물

바람은 무엇도 달래주지 않아

화우(花雨), 우화(雨花)
세상 밖에서도 열심히 살겠습니다

때―봄밤
곳―강 언덕

바위나리

큰물에 실려간 엄마 그리워
뙤약볕 돌장광* 아이는 서러워
물종다리 도롱도롱 돌 처마 밑
스란치마 도란도란 바위나리꽃

* 강변의 돌밭.

돌나리

돌나리는 초식성
물속 바위옷을 뜯어 먹고 산다
할애비는 초가을 돌나리를 다래끼 가득 잡아다
싸릿가지에 대가리를 꿰어 지붕에 말렸다
화로에 집 간장이 졸아드는 겨울
창턱에 가시를 발라 던지면
자작자작 강물이 구들 밑으로 흘렀다
어느 늦봄 벽장 속 돌나리떼는
머리꼬리 가지런히 흰 꽃이 피어
아버지가 할애비 채로 버들골에 옮겨 심은
물고기를 닮은 통꽃
그러나 돌나리는 워낙 냉수성
해를 보면 곧 창자가 비어져나와
아침이면 희부연 바위의 맨살은
밤새 돌나리들이 헤엄친 자국
버들가지 눌러놓은 그물코에 매달려
가만가만 수염 쓸다 돌아가셨다

푸른 달 아래

돌이 뛴다,
끝없이 두런거리는 강가
돌무지 틈 쏘가리와 뱀장어를 다시 찌르고
놓쳤던 고기들을 또 놓친다
수면을 달려간 빗방울 돌 밑에 엎드린 둥근 입술
모두 흘러가는 하늘의 강
불을 피우렴, 우리 오래된 유목(流木)
천년 전에도 작살을 메고
빛나는 물고기들을 쫓아갔을까
무성한 이파리들을 헤치고
날아간 살별들이 어두워졌을까
물이끼 자국 가득한 달에 귀를 띄우고
나는 세상의 얼룩 한점
언제나 궁금한 물살로 죽어갔으면
강물이 더듬더듬 산을 돌아가는 새벽
별들을 몰아 강 건너는 달 아래
눈 털고 잤다

이취(泥醉)*

배부른 막걸리 독이 날 낳았대
여자가 바가지 휘저을 때
땅에 묻힌 둥근 하늘에서 아이 업은 아낙이 내려와 아아,
버둥거리다 독 가장자리를 움켜쥐었지
그날 엄마가 생겨버렸어 엄마는
내 허리와 책상 다리를 광목 기저귀 끈으로 묶어두었다
책상 밑에선 종일 새 울음소리
나는 물새처럼 자라 파랗게 날아갔지 강에서 밥 먹고
똥 누고, 물에서 똥 누면 졸졸 따라온다
배 지나간 뒤 오리 새끼처럼 물속 멀리 도망가야 해
숨도 안 쉬고 강 건너는 동안
어떤 이는 엎드려 죽고 어떤 이는 누워 죽어
돌멩이 깔고 앉은 여기가 취생(醉生)이면
저 바깥이 몽사(夢死)일까
물속 바위를 붙들고 빗방울, 꽃잎, 눈송이, 낙엽, 달
흘러가는 물 위를 들여다보았지
새끼손톱만큼 물속으로 달려와 흔적 없어 빗방울
물 위에 지는 눈송이
각시붕어 꽃잎 받아먹으며 낙엽 가라앉는 속도로

따라오지 마, 흔들거리는 달 그만 좀 떠보라니까

말할 수 없는 말 자꾸 떠올라

한 아이는 웃고 한 아이는 울며

나라는 놈은 벌써 오래전 돌멩이 덮어쓴 이취(泥臭)

술 냄새 젖 냄새보다 강물에 취해서일 거야

이 독엔 약이 없다

* 술벌레, 술에 질탕하게 취한 것을 이르는 말. 니(泥)는 뼈가 없는
  벌레로, 물속에 있을 때는 활발하게 움직이지만 물이 빠지고 나
  면 진흙이 되어버린다고 한다.

제 2 부

봄

　하루 식전엔 누가 대문 밖을 서성거리기에 문 빼꼼 열고
봤더니 그 눈치 없는 것, 봉두난발에 흙발로 샐쭉 깡통 내밀
데요 언제 동네를 한바퀴 돌았는지 흰쌀에 노랑 조, 분홍 수
수, 자주 팥 없는 것이 없는데 그냥 보내기 뭣해서 보리 싹
한줌 얹어주었지요 고것이 인사도 없이 뒤꿈치를 튀기며
가는데 멀어질수록 들판은 무거워지고 하늘은 둥둥 가벼워
지고 먼 개울가에선 버들강아지 눈 틔우는 소리 들려왔어
요 참 염치도 없지, 몽당순갈 하나 들고 따라가고 싶더라니
까요

없는 이야기

장작개비루 때래잡았다니 수항 장전 골골이 얼음 풀리문 장작개비 같은 기 펄떡펄떡 뛰오르구, 진짜 때래잡았어 그래 잡어두 어느 골에서 새낄 깠는지 수달래 철 되문 꽃 그림잔지 잎 그림잔지 손을 담구문 손바닥에 아른아른, 그기 다 열모개 새끼여 하루는 해가 어느 구녕에 백혔는 줄두 모르게 능개 자옥한데, 도돈다리 밑에 뭐이 시커먼 기, 똑 짚토매 같은 기 너불너불해 내래가보니 다 소가리여 그 왜 추석 지내구 섶다리 놀 때 동바리 세울 돌 찾느라구 어리대다니 꼭 세숫대야만 한 호박돌이 맞춤해 집을라구 가는데, 그기 이래, 이래 기가 시껍해서 괭이루 콱 내래쩍었지 앞발하구 목새간으루 날이 들어갔는데 물 밖으루 꺼내놨드니 캭캭, 고 내이 독 쓰는 소릴 내드라니 그걸 지금 제생당 하는 이, 그이 아부지가 오래 앓은 허리에 늙은 자래 좋다구 그때 돈 삼백환을 줬어 참, 그 돈으루 강릉 구경 좋았네 그질루 떴지 배를 탈까 하구 보니 바다가 여간 출렁거리나, 산판패들 따러 계방산 자락서 한해 겨울 나보니 고만에 덧정 없구, 강이 좋구 강물에 사는 기 더 좋구, 그래 여까지 왔지 저 흐르는 물살 구경에 여태 이 짓이지, 인젠 이 골배이두 수입 들어와서 여 아니문 없어, 옳지

31

해와 물고기

연둣빛 입술 핥아보고 싶습디다
왜 옆구리에 작살을 쑤셨는지
살얼음에 집어 던진 돌멩이 자국
아른거리던 빛이 순식간에 꺼져요
쇠가 빨아들이는 겁니다
불구덩이 속 벌겋게 달아오른 쇠가 식어가는 거
거뭇거뭇 그림자가 중심으로 몰려오지요
그러곤 깜깜입니다
대장장이는 보이지 않는 지느러미를 힘껏 내리칩니다
물고기는 쇳소리를 치며 도망갑니다
피차 멀리멀리 가는 겁니다
작살이 바위틈에서 퍼덕거립니다
무지개를 얇게 오려 씹었습니다
발부리를 감고 흐르는 수액 속
불의 뼈, 물의 연기가 조금 남았달까요
산이 검고 깊어 쨍쨍,
해 뒤에서 누가 메질하는 소리
북방에선 이렇게도 부릅디다
골레츠,

한없이 차고 맑은 계류에 산다

쏘가리, 호랑이

나는 가끔 생각한다
범들이 강물 속에 살고 있는 거라고
범이 되고 싶었던 큰아버지는
얼룩얼룩한 가죽에 쇠촉 자국만 남아
집으로 돌아오진 못하고 병창 아래 엎드려 있는 거라고
할애비는 밤마다 마당귀를 단단히 여몄다 아버지는
굴속 같은 고라댕이가 싫어 산등성이로 쏘다니다
손가락만 하나씩 잘라먹고 날 뱉어냈다
우두둑, 소리에 앞 병창 귀퉁이가 와지끈 무너져내렸고
손가락 세개를 깨물어 먹고서야 집으로 돌아갔다
아버지가 밟고 다니던 병창 아래서 작살을 간다
바위너덜마다 사슴떼가 몰려나와 청태(靑苔)를 뜯고
멧돼지, 곰이 덜걱덜걱 나뭇등걸 파헤치는 소리
내가 작살을 움켜쥐어 물속 산맥을 타넘으면
덩굴무늬 우수리범이
가장 연한 물살을 꼬리에 말아 따라오고
들판을 걸어가면 구름무늬 조선표범이
가장 깊은 바람을 부레에 감춰 끝없이 달려가고
수염이 났었을라나 큰아버지는,

덤불에서 장과를 주워 먹고 동굴 속 낙엽 잠이 들 때마다
내 송곳니는 점점 날카로워지고
짐승이 피를 몸에 바를 때마다
하루하루 집을 잊고 아버지를 잊었다
벼락에 부러진 거대한 사스래나무 아래
저 물 밖 인간의 나라를 파묻어버렸을 때
별과 별 사이 가득한 이끼가 내 눈의 흰창을 지우고
등줄기 가득 가시가 돋아났다
심장이 둘로 갈라져 아가미 양쪽에서, 퍼덕,
거,리,기,시,작,했,다
산과 산 사이
소(沼)와 여울, 여울과 소가 끊일 듯 끊일 듯 흘러간다
좌향(坐向) 한번 틀지 않고 수십대를 버티는 일가붙이들
지붕과 지붕이 툭툭 불거진 저 산 줄기줄기
큰아버지가 살고 할애비가 살고
해 지는 병창 바위처마에 걸터앉으면
언제나 아버지의 없는 손가락, 나는

청어

눈이나 감고 죽지,
어물전 청어 보면 할애비 생각
청어 한번 먹었으면
석달 열흘 소떼 몰고 다니다
추적추적 비 내리던 늦가을 저녁
원산 어름 주막집 봉노
그 청어를 먹었으면
엄마와 형이
주문진으로 강릉으로 암만 다녀봐도
청어는 그 무렵 보이질 않아
죽어서도 그리운 먼 북쪽이란
잇바디에 새어나가던 물거품의 기억이란
화로의 기름 연기처럼
할애비 등판에 무럭무럭 김 오를 때
나는 새끼 청어
어느 물 밑을 떠돌고 있었을까
눈에서 자라난 것들이 눈보다 더 커져
몸보다 더 무거워져
아가미 가득 배어나오는 소금 물살

알전구보다 환한 빛으로
원산 바다를 건너고 북태평양을 지나
수평선 가득 노란 알이 지천이라는
청어들의 바다에서
아 아, 입 벌리고
눈이라도 쓸어줄까
얼음 상자 속 저 푸른빛

족두리 도적

죽자고 속으로만 처박혔지
캄캄하게 손을 드밀면
찬물 한줄기가 심장으로 흘렀어
쏘가리라는 놈
주먹 하나 드나들 틈에 장작처럼 포개져 겨울잠을 자는데
딱 세마리를 찌르면 머리통에 김이 펄펄 나
미끈둥 등줄기가 손아귀에 꽉 차
작살이 그제야 작살인 것처럼 낭창거리고
바위옷이 삼각근을 사정없이 할퀴어
어깨가, 작살이, 내가 터져나갈 몸을 가졌어
족두리 같은 등 가시에 찔려
멀리멀리 달아나고 싶었던가봐
함박눈 펄펄 버들방천 앞 핏방울 흘러간 내 열일곱
신행길 분내 맡은 화적패처럼
냇내 피어오르는 갈대밭 속
지금도 말방울 같은 것이
떨그렁, 떨그렁

무릉(武陵)*에서

어떤 쏘가리가 머물던 자리는 하도 아늑해 내가 들어가
눕고 싶더군 누가 옆구리를 찔러 바위굴 속에서 꺼내주었으
면 버들가지에 아가미를 꿰어 덜렁, 돌미나리, 햇무, 당파 위
에 도토리 고깔 같은 심장도 떼고 창자 부레 싹 비우고

내 몸에 칼 대며 무슨 생각 했어? 가시를 세워 손톱 밑을
찌르는 짓 따위 하지 않았는데 쫓고 쫓기다 기어이 놓쳐버
린 쏘가리, 바위 밑을 떠난 내 몸이여, 갯버들 아래 작살도
수경도 던져놓고 팔다리 팽개치고

하늘을 껌벅껌벅 열었다 닫으며 지금은 파란, 흰 구름 펄
럭이는 붉은 깃발에게 이 목숨 줘버릴까 미쳐버릴까, 실개
울 가득 피 흐르는 눈, 자갈밭 위에 차갑게 식은 살로 새기는
순간을, 눈 깜짝할 새 폭포처럼 흘러가는 한여름을

* 강원도 영월군 무릉도원면 무릉리.

콧등바위, 쏘가리와 나와

콧등바위 아래 쏘가리 한마리 마주쳤을 때
쑥 덤불 푸르렀다
대가리도 몸통도 보이지 않아
부채 꼬리 앞쪽에 작살을 꽂아버렸다
바위 밑 푸른 파문이 일렁거리고
손에 비린 진만 잔뜩 묻혀 돌아왔다
밤새 천장에 모래알이 떠다녔다
산마루 낙엽송이 누렇게 가시를 세울 때
콧등바위 앞에서 그놈을 다시 만났다
구멍 뚫린 몸통, 꼬리를 덮은 흰 곰팡이
아가미활이 모래에 반쯤 묻혀
거기가 어딘지를 잊은 것처럼 보였다
나는 물가에 나와 한동안 앉아 있다 작살을 움켜쥐었다
북어처럼 마른 그놈을 데리고 와
가시 하나하나 발라 먹었다
그래야 될 것 같아서 꼭 그래줘야 할 것 같아서
허연 눈알을 혀로 핥으며
눈동자 속에 뼈가 돋는 느낌을 오래 생각했다
몸통의 구멍 바깥으로 헤엄치던 물고기와

물고기들의 강물
난 무엇을 잡고 싶었던 걸까
쑥 덤불이 시들고
그뒤로 콧등바위에 가지 않는다

맹랑천렵도(孟浪川獵圖)

강냉이통만 했던 꼬리가 댑싸리만큼 부푼 수달이 삼형제 바위 밑을 꼬리로 헤집어 움쩍 튀어나오는 쏘가리를 잡아먹고 주먹 같은 대가리만 던져두면

동네 젊은 축들이 개 추렴을 하다 큰형 작은형 그물을 둘러치고 검둥개 꼬리를 장대에 매달아 바위 속을 들쑤시며 입맛만 다시는데

지나던 먹장구름이 어슬렁어슬렁 초장 투가리 덮어놓은 토란잎에 빗방울만 궁굴리다 논두렁 밭두렁 멀리 간다

제 3 부

겨울밤

깜깜한 밤이면
하늘에서 흰말을 탄 장수가 내려와
장대 같은 칼로 강을 갈라 말에게 물을 먹이고
다시 하늘로 올라간단다

꾸르릉 쩡,
병창을 울리는 얼음 트는 소리에 선잠 깬 아이에게
엄마는 나직이 속삭였습니다

그 장수 발자국 하나 버들골에 있으니
낼 아침 일찍 먹고 올라가보렴

창밖으론 참말로 흰말의 갈기 같은 것이
어지럽게 스쳐 달려갔고요
아이는
꿈인 듯 아닌 듯 잠이 들었습니다

밤나무집 가계(家系)

> 너무 높게 날면 태양이 네 날개를 녹여버리고
> 너무 낮으면 바다의 물보라가 네 몸뚱이를 삼키리라.
> ── 다이달로스

　말뚝보단 낫겠다, 마당귀에 밤나무 두그루 심어놓은 건 할애비의 아버지였다 할애비는 소 장수가 되었다 말뚝에 꽃이 흐드러지자 나무 밑에서 아이들이 태어났다 처음 날아오른 건 큰아버지였는데 먼 남쪽은 그때 거인들의 전쟁이 한창이었으므로 돌아오지 못했다

　아버지는 큰아버지를 따라가다 빈 둥지에서 잠이 들었다 밤새 커다란 새와 싸우다 둥지만 안고 떨어졌다 턱에 발톱 자국만 길게 남았다 아버지는 작심하고 밤나무 아래에서 쇠스랑만 휘둘렀다

　형은 나무 따위엔 오르지 않았다 등에 매미 날개 같은 것을 지고 산봉우리에서 뛰어내리곤 했는데 낙하산이 날개와 다르다는 걸 깨달은 건 황새가 큰조카를 물고 사뿐히 산맥

넘어 날아온 다음도 한참 다음

　나? 형이 허공에서 새알 하나 건져 오지 못했으므로 나는
물속을 날기 시작했다 병창 아래에서 작살로 쏘가리 따월
찔러 곰곰 오려 먹으며 밤나무 가랑이 사이로 지는 해를 겨
누어보곤 했는데 이건 다른 곳에서 다르게 얘기해야 할 다
른 이야기

　할애비는 어느 해 봄 문득 밤나무 아래 매어놓았던 이마
붉은 소를 타고 흰 수염 휘날리며 버들골 밭가로 날아가선
돌아오지 않고 그리하여 나와 형제들이 쭉정이처럼 흩어진
뒤……

　달빛이 새의 깃처럼 분분한 밤이면 늙은 반인반수(半人半
樹) 둘, 하늘에서 떨어져 내려온 까마득한 선조를 수런수런
이야기하며 잠 못 이루는데

　아침이면 마당 가에 태양보다 붉은 눈물방울 툴툴 굴러다
니는 것도, 밤느정이가 해마다 새의 깃을 닮는 것도, 밤나무

아래에서 늙어가는 양주가 점점 반수반인(半樹半人)이 되어
가는 것도 다 이런 까닭 아니겠는가

근황

눈이 쏟아졌습니다
막이 흘러내리는 것 같았습니다
작년에 없던 건 올해도 없고 있던 것들만 여전합니다
장안 소문이 들릴 때마다
저는 이 좁은 땅덩이 안에서도 변방
한자루 총을 메고
숲속으로 치닫는 마음을 어쩌지 못하겠습니다
가장 깊은 산맥 가장 높은 가지에 걸어놓겠습니다
영혼이라는 게 남아 있다면 꽝꽝 얼겠지요 호벌(虎伐)이
라고,
대장간에서 두들긴 낡은 화승총 한자루로
이놈, 불 받아라
눈 쌓인 산중에서 호랑이와 마주 서 소리부터 질렀던 건
심지가 타들어갈 시간을 벌기 위한 고육책
음모라는 게 이 나라에선 다 이렇습니다
호랑이에게 아비 잃은 자식이
또 호랑이에게 아비 잃을 자식을 남깁니다
간신히 몸 가눌 정도로 자란 아들이
제 키보다 큰 총을 안고 산 입새 주막으로 갑니다

언제부턴가 못 미덥습니다 장작패기 삼년,
물지게질 삼년, 십리 밖 물동이 귀를 맞춰도
다시 바늘귀를 꿰라는 늙은 주모가 못 미덥고
푸른 하늘 흰 들판 이젠 못 믿겠습니다
화등잔처럼 번쩍,
산날 타넘어가는 달이 또 무얼 체념하게 합니까
부릅뜬 고리눈에 가득했던 게 무엇이었겠습니까
가면 오지 않는 강원도 포수
지난해에 없던 건 예전에 이미 없어
산꼭대기 녹지 않는 저 눈밭
별고 없습니다

그때가 옛날

어느 깊은 산골 서른 먹은 노총각이 열다섯 어린것을 각시라고 데려왔더니 아, 이것이 저고리 동정을 하나 달 줄 아나, 쌀을 조곤히 일 줄 아나 뭣 하나 제대로 할 줄 아는 게 있어야지

하룻밤엔 신랑이 내일은 장에 소를 내러 가야 하니 새벽같이 밥하소, 잠이 들었는데 눈을 떠보니 해는 중천이요 각시라는 게 그때껏 한밤중이라 허둥지둥 집을 나서던 신랑 분김에 손에 잡히는 빨랫방망이로 엎어져 자는 각시의 볼기를 철썩 갈기고 가는데 각시 껌쩍 두리번거려봐야 신랑은 벌써 사립 밖

진종일 분하고 억울한 마음에 식식대던 각시 저녁때가 얼추 되어 신랑이 오도록 되었는데 밥 안칠 생각은 없고 설분할 궁리라 옳다, 내 볼기에 멍든 것 보면 네 맘 좀 아프리라 속곳 훌렁, 시퍼런 볼기짝을 삽짝으로 둘러댄 채 신랑 올 때만 바라다가 고만에 까무룩 잠이 들었는데……

그날따라 신랑은 장터에서 먹은 성삿술이 과해 주막에서

50

잠이 들고 집 앞을 지나던 애꿎은 장꾼들만 두고두고 맘이
아프다 못해 배꼽까지 아파했다는, 뉘 집 할애비 할미 소
싯적

강원리발관

옛날 어느 산마을에
이발소 하나 있었지
어느날 한 남자가 작은 아이를 데리고 왔네
남자는 면도를 하다 잠이 들고
아이는 천천히 거울 속으로 들어갔네
혼자 놀았네
해는 뉘엿뉘엿 산마루로 가라앉고
아이는 돌아가려다 길을 잃었지
동짓달 강바람은 차기도 차서
까마귀 우는 강둑에서 함께 울다가
장에서 돌아오던 세 노파 만났네
애야, 우리가 느이 집에 데려다주마
첫째 노파 치맛귀로 눈물 콧물 닦아주고
둘째 노파 아이 손에 찐 고구마 들리더니
셋째 노파 아이를 업고 오던 길 되짚어 갔네
꿈결에 작은 고개를 넘은 것도 같고
고기비늘 같은 처마 끝 등불 본 것도 같네
그날로 아이는 그 집 아들 되어
지금껏 돌아가지 못하지

다시 찾을 길 없는 먼 나라

강원리발관

별들의 고향

폭발하려는 걸까 안으로 무너지려는 걸까, 먼지와 가스의
소용돌이 속을 방황한다 둥근 눈

한나절을 흘러도 읍내 다릿목에 닿지 못하는 강물 옆에서
돌 하나는 의자 두개는 탁자 천창(天窓) 고운 모닥불 시시덕
거리는 불꽃을 작대기로 건드린다

날아가는 별들과 날아오는 별빛 다를 것도 없는 시간과
중력 속에서 나선으로 흐느낀다 내 익숙한 호랑지빠귀

은하의 별들이 태어나는 독수리성운 칠천년 전에 떠난 빛
을 맞으러 늙은 밤나무 타고 날아간 할아버지 안녕, 할머니
안녕 변기 속 똥에게도 잘 가, 손 흔들던 아이는 재작년에 시
집갔습니다

백걸음 걸으면 우리 집 다시 백걸음 걸으면 영화 포스터
붙이러 다니던 운용 아재 골방 눈밭에 엎어져 울던 여배우
는 안인숙

거적때기 한닢 덮어쓰고 씨앗처럼 잠들던 그땐 아무 말 않아도 알아들을 것도 없더니, 날아간 불티들 난파한, 조난 당한, 유폐된, 도망간

또 누가 오조 오천억년쯤 나 같은 걸 생각하다 오,랜,만, 에,함,께,누,위,봐,야 등짝에 묻어나는 모래밭의 별

복숭아나무 아래

젊어 힘 좋을 땐 밖에 나가 다 떨어먹고
어머니는 복숭아 껍질을 까며 줄창 푸념
아버지야 어머니 입매에다 히물쩍 웃지
젊어 힘 좋을 때와
떨어먹는다는 말의 주객(主客)을 곰곰 흔들어본다
어디서 복숭아 향 솔솔 날아오나
한때는 다 꽃 피던 복숭아나무
가지를 함부로 당기다 먼 데로 떠나던 나그네
어디까지 갔다 왔는지는 알 수 없지만
복숭아 언덕에서 멀지 않던 노정이
꼭 무슨 탓일라고
난 바람의 행적은 있어도
든 바람의 내력까지야 누가 기억하겠나, 한들
나도 한번 떨어먹었으면
복사뼈 깊이 가둬둔 바람을 훔쳐 타고
세상 언덕마다 싸돌며
내 안의 꽃가루를 옮겨주었으면
나무는 혼자 꽃 피우고 열매 맺겠지
늙으니 할멈밖에 없지?

어머니는 말끝에 혼자 웃고

아버지는 말 잘 듣는 아이처럼 복숭아만 우물거리고

그럼 나도 한쪽 거들며 속으로 한마디

노형(老兄), 어디까지 가시오?

나그네와 나그네가

나무 밑동에 기대어 복숭아를 나눠 먹는다

가지 끝에 단물 뚝뚝 흘러내린다

삽삭코

굽도 젖도 않는 다리가 한발짝 뒤로
두발짝 앞으로 몸을 끌고 들어오면
엄마는 멍석 끝으로 그를 맞았다
토사처럼 흘러들어가는 밥과 국
군복 등판엔 산 그림자가 버캐로 내려앉았다

산이 산이 아니고 물이 물이 아니어서
그날 모든 벽이 허물어져버렸다
사람들이 손을 잡았을 때는
그도 반나마 묻힌 뒤여서
못 죽은 입이 살 수 없는 몸을 다독여도
혼이 자꾸 흙투성이가 되곤 했다

무덤 만들 데가 없어서 등을 봉분 삼았다
집이 사라졌으므로 봉분 위에 세간을 들였다
뒤로 한발짝 앞으로 두발짝
커다란 등짐에 자루 두개가
천천히 강둑길로 흘러갔다
삽삭코, 삽삭코

58

한마디 남은 말만 중얼거리며

수미산 엘레지

좌골신경통 도진 엄마가
비스듬한 개수대를 붙들고

──손이 내 딸보다 낫다

애고 어머이, 아무려면
'손'과 '딸'보단 나은 것들 생각으로
어물어물 내빼려다

시집간 딸보다
내 말 들어주고 아들 호박죽도 끓여 먹이는
이 북두갈고리가 신통하지 않으냐

귀를 잡혀 밥상으로 붙들려 오네

속을 다 퍼내 쭈그렁 껍질만 남은 손이
주걱도 삽도 되어본 적 없는 손
방바닥에 깔게 하시네

남의 눈물 수미산 아래 혼자나 질금거려
가짜 슬픔 가짜 사랑에 밑천 빠지는
이 습성까지 짐작하셨는가

더 먹어둬라, 한국자 비워내면
두국자로 채워주시는 손바닥 앞에서
십리 장터 싸돌다 온 수캐
넙죽 죽사발이나 핥다 오는 밤

손아귀처럼 따신
호박죽 봉다리를 꼭 쥐여주며
어여 가라고 또 가라고
오래전에 추석이나 쇠고 가듯
손 흔드는 밤

소설(小雪)

소설을 읽습니다

소금 눈 흩뿌리는 강마을입니다

처남댁, 처남댁 주전자들이 말구 병들이루 좀 내와보우

범살 호랑이, 아시내 산돼지, 굴어귀 외팔 곰이

거적문 열고 술을 청합니다

장작개비 깔고 앉아 부지깽이로 잉걸불을 고릅니다

이글이글 눈 매워 페이지를 넘깁니다

살얼음 뒤집어쓴 개구리들이 봉당에서 버르적거립니다

손끝에 침 발라 누런 배를 눌러봅니다

큰고모부, 작은고모부, 작은고모부 동창이

개구리를 구워 먹습니다

한잔씩 한자락씩 고모부들을 따라

징용을 가다 전쟁을 하다 앵두꽃 만발한 외나무다리 앞

아름다운 처녀와 이별하는 대목에 / / 그었습니다

눈이 쏟아집니다

뒷다리 한점 얻어먹은 아궁이가 큼큼,

솔잎 한짐 얻어먹은 굴피나무 굴뚝이 불티 날립니다

짓이 난 남폿불이 서까래를 흔듭니다

까마득 우리 집이 날아올라

뒷문 앞 배나무 가지가 흔들립니다
지금도 손끝에 연기 냄새 납니다

풀

원주 기독병원 십층
종일 숨겨두었던 어둠 한가닥 빼물고 짐승이 운다
버둥거리는 팔다리, 꽁꽁 묶인 침대가 관이다
암모니아 냄새 피 냄새 가득한 창틀
알 수 없는 소리로 수군거리다 떠오르지 않는 동굴로
유월은 노호(怒號)한다 골짝마다 물이 흐르고
침엽의 나무들이 썩어가는 밀림의 죽음
아버지는 죽음의 밀림이다
터진 주먹 들뜬 손톱 발톱
밤새 물어뜯던 밧줄이 아버지를 몰고 가는 새벽
세상의 벌레들이 마디마다 어둠을 접어
새들의 짧은 혓바닥에 굴러떨어지는 슬픔 단단해라,
아침 해 돌아오는 하늘 아침에 돌아가는 짐승
산과 들 긴 강을 거슬러
이슬 젖은 털가죽을 햇살에 녹이며
소 대가리만 한 아가리를 휘휘
날뛰던 파도가 굳은 산맥 가장 높은 봉우리만 골라 딛고
두껍고 질긴 망각을 발바닥 삼아
고갯종, 고갯종 숲에서 죽은 영혼

한번도 모습 보인 적 없는 새 짓까부는 꼬리를 따라
긴 혀로 각막을 핥는 풀
육괴(肉塊)에 밟히는 풀
내 몸을 베고 가는 풀

산업전사위령탑*

제대병 셋이 귀향 중이네 바람부리산 아래 다리쉼할 때
늙은 목소리가 다가와 속삭였지 저 굴 안에 황금이 있소, 금
은 갖고 내겐 보잘것없는 열쇠나 주구려 굴은 좁고 어두워
이마엔 칸델라, 냄비를 헬멧처럼 뒤집어쓰고 더듬거렸네 어
서어서, 목소리는 재촉하고 아직 아직, 황금은 보이지 않아
열쇠만 주워 들고 입구로 갔네 열쇠부터 던지시게나, 굴이
단단히 잠긴 건 말할 것도 없지

한 남자는 똑똑하고 두 남자는 가끔 바보가 되고 남자 셋
이면 만사 끝장이란 이야기가 아니네 훗날 굴 위엔 탑이 생
겼다 탑의 기단 청동 부조 속 한 남자는 착암기를 잡고 한 남
자는 암석을 퍼 담고 한 남자는 바닥을 고른다 모르겠는 건
좌측 프레임을 뚫고 나간 착암기 끝과 우측 상단 화강암 틀
을 치받아 깬 구부정 사내의 머리

박왕(朴王)이 휘호를 내리고 탑 뒤의 비문은 노산이 도맡
던 시절 부조의 작자가 미치지 않고서야 석공이 돌지 않고
서야 목소리의 자손들이 일년에 한차례씩 몰려와 지금도 제
를 올리기에 탑의 소재 밝히긴 뭣하지만 이곳에서 기차는

66

동에서 서로, 서에서 동으로만 오가고** 강은 남으로만 흘러
인적 없는 산속에서 지금도 두런두런 사내들 목소리가 들려
오곤 한다

* 태백산맥 중턱에 있다.
** 친기즈 아이뜨마또프 『백년보다 긴 하루』(열린책들 2009)에서
  인용.

아이고

　아버지는 새벽부터 건에 베옷에 물푸레 지팡이 짚고 아이고, 아이고 한참 나중 충주고모 제천고모 서울고모 부산고모가 고모부들과 빼곡 엎드리는데 나는 뒤에서 속으로 아버지도 고만 어디로 가실라나, 싸가지 없는 헛바닥 지그시 누르느라 목이 뻐근할 지경 아이고, 아이고 그예 충주고모 달구똥 같은 눈물 끝에 우리 아부지, 수염은 관운장 같고 풍신은 신선 같더니 어쩌고 주워섬기자 제천고모 아이고, 우리 엄마 이제 누굴 믿고 사나 아이고가 어찌어찌 서울고모 지나 마지막 고개 밑에 와 한숨 돌리는 차, 한굽이 넘을 때마다 주억거리던 고개가 대이구 충주고모 엉치에 부딪던 부산고모 아이고, 이 궁디가 누구 궁디냐, 그날 아이고가 아버지까지 데리고 가지 않은 건 아이고, 순전히 막내고모 덕분이라니 영정 속 할아버지 미소 덕분이라니

제 4 부

오버런

그는 서서 죽었다

한 손엔 고무망치 한 손엔 열풍에 달아오른 100밀리 철관

카메라 앞에서 마지막 포즈를 취한 것 같았다

500톤 시멘트 사일로 아래

12루베 컴프레서만 왕왕거리고 있었다

전철역 셔터도 닫혀 있던 시간

플라스틱 안전모에 목장갑을 끼고

배출 파이프에 커플링을 돌려 끼웠을 것이다

얇은 강철의 벽 안쪽 시멘트의 높이를 가늠하며

캄캄한 사일로 꼭대기를 올려다보았을 것이다 새벽 두시

입석리 아세아시멘트 ID카드를 찍고 슈트를 내리고

쏟아지는 시멘트의 무게에 출렁거리는

열여덟개의 바퀴 옆에서 눈 끔적였을 것이다

말이 제 물 먹던 곳을 기억하듯 주유소를 빠져나와

박달재 다릿재를 넘어온 그의 차는 DA-50

이팔사팔 쌍터보 엔진이

언제나 내리막의 관성을 붙들어주었겠지만

깜박, 40톤의 무게와 속도를 놓쳐버린 거다

바퀴의 힘이 트랜스미션을 거쳐

거꾸로 크랭크축의 회전수를 넘어갔을 때
서른두개의 흡기 배기 밸브
가느다란 로드가 휜 게 틀림없다
나팔 주둥이 같은 밸브가 늘 닿던 자리
시트 링 아닌 곳에 가닿는 순간 모든 게 끝나버렸다
처음 듣는 파열음이 고막이 아닌 곳에서 울려퍼졌다
심장이 다 닳지 않은 몸통 속에서 멎어버리자
팔다리가 잠시 허둥거렸지만
머리는 천천히 수그러들었다
그 각도가 모든 걸 이해하고 있는 것 같았다
말 잔등 위에서 죽기를 바란 것도 아니었는데
헤드라이트만 멀거니 동쪽 하늘을 비추고 있었다
그의 사망진단서에는 이렇게 적어도 된다

심장이 900RPM으로 그의 혼까지 부려버렸다

아이슬란드

흔들리는 건 발바닥이 아니다
철탑에 올라간 오리들
바위틈에 둥지를 틀고 제 가슴털 뽑던 솜털오리들
둥지를 걷어가도 또 부리를 숙이던 자세로 덜컥,
덜컹거리는 바닥에 둥지를 틀었다
바닷가의 집
파도와 눈바람 속
너희는 이렇게 살지 말라고
푸른 초원 쪽으로 새끼들을 날려주었겠지만
그들도 이 바닥으로 돌아와야 한다
거꾸로 자라는 대지의 뿌리
철과 돌과 콘크리트의 소실점 위
오리들은 사전에 없는 새로운 종
세계의 근원에 가까운 소리가 울려퍼질 바닥의 종
깊고 먼 한 원에 가닿는 일이
솜털과 깃털을 쌓아 창고를 채우는 것보다 쉬울 것이다
오리들이 날아간다
육지가 끝나는 곳
바닥이 바닥을 밀어 빛과 어둠이 교대하는 곳

광장 넘어 들판을 지나
힘센 오리들이 태어나게 해달라
탕, 탕
하늘을 날개로 치며

* 2015년 여름, 기아자동차 비정규직 노동자 최정명, 한규협이 국
  가인권위원회 빌딩 광고탑 위에 올라가 농성을 했다. 나는 돌계
  단에 앉아 피오르해안에 산다는 솜털오리를 생각했는데 서로 까
  마득해 얼굴을 알아볼 수 없었다.

3축 내린다

　세번째 축을 떨어뜨릴 때마다 누군가의 뒤꿈치 같다는 생각 차체를 떠받치며 일어서려는 힘으로 열여덟개의 바퀴가 일그러진다 공장 바닥 욱신거린다 산을 무너뜨리고 바위를 빻아 분화구 가마에 구워내다 땅속 스며든 힘이 엉덩이를 걷어찬 거다

　심장 속으로 온몸 구겨넣는 유압 샤프트, 펌프라는 게 단추 끝으로 무지막지 힘 퍼올리는 관이다 새들 날아오르게 하고 흔들리는 가지 끝 꽃잎 밀어내는 푸른 압력으로 눈금 터질 때 계절의 부하(負荷) 견디려 바퀴 내리는 나무들

　뿌리줄기를 지나 수액 차오르는 길 다 부려놓고 휘잉, 돌아오고 싶은 나는 꽃 나는 트레일러, 직렬 6기통 일만 천팔백 CC, 사백팔십마력의 힘으로 한바퀴 돌아오는 태양이다 달이다 다섯겹 꽃잎이다 쿵쿵, 붉고 푸른 발 옮길 때 바퀴 자국 길게 벌크 시멘트 트레일러 한대 서 있을 뿐이지만

　내 안에 활대처럼 휘어져 반짝이는 것 바퀴가 구르는 앞쪽 더 앞쪽, 별을 끌고 간다

대전으로 간다

산에 가면 나무에게 지은 죄
강에 가면 물고기에게 지은 죄
왜 당신들에게 지은 죄는 보이질 않는가
기소와 선고와 집행이 유예된 세월에 마디가 돋는다
다음엔 또 무엇이 찾아올까
죄가 더덕더덕한 상습범의 얼굴로
청주 고등법원 524호 중법정을 내려와 대전으로 간다
여름을 기다리는 길가 산들아,
올해는 다를 거라 큰소리치지 말자
아무렇게나 어깨를 부풀리지도 말자
미루고 미루어도 가을이 오고
굽은 가지와 흰 눈썹 그땐
내 죄목을 다른 줄기로 변론하리
── 그는 아무것도 음모하지 않았고
물살에 잠긴 억새가 잠시 지느러미처럼 흔들렸을 뿐

남은 죄가 밤하늘 별처럼 총총하다

안진터널 지나가다

슬래그 이십구 톤 싣고 보름달 따라간다

달려도 달려도
저놈의 꽁무니 한뼘도 가까워지질 않아
동쪽에 붉게 떠올라 서쪽으로 지는 홍동백서(紅東白西)
귀신들 세상에선 다 반대가 된다는데
삼년이 지나도록 제사 한번 못 모셨다

달의 운전석을 흘깃 보셨소?

으르렁거리는 엔진 위에 앉아
내리막에선 저놈 한번 추월해보겠소
바람 소리 그치지 않는 내 발바닥
굴러 지나가는 길이라면 해도 달도 얼러보겠소

요놈아,
오늘은 나와 내기를 하자
저 산속에 잠든 짐승이 있다
내가 등에 나뭇가지를 얹어놓고 오면

너는 짐승을 깨우지 말고 가지를 집어 오는 거다

달빛에도 삭정이 부러지는 밤
아들은 아직 마음 뒤집는 법을 몰라
멧돼지처럼 엎드린 산줄기 지날 때마다
깜박 떠오르는 아버지 별

낮에는 캄캄했다 밤이면 환해지는 터널
오르막이 살아났다 다시 죽는 곳에서
오늘은 차 대가리 끄덕이는 절 받으시고
담배 연기나 한줄기 흠향하시오

수리와 닭

10동 상(上) 11방
화장실 비닐 창 너머
자유와 평화는 보이지 않데
도적의 밥찌꺼기로 빈들거리는 날건달들
담벼락 아래 꼬꼬댁, 알이나 까라 싶던 그해 겨울
닭 잡아먹은 끝의 오리발이었지
세월은 잘도 흐르고 함성은 뱃살로 살아
아파트 뒤 학교 옥상에 여전한 비둘기떼
아침이면 공원으로 개천가로 멀리
호수 근처 성당까지 노역 갔다가
해거름이면 무리 지어 돌아오는 푸른 작업복들
무엇이 저들을 돌아오게 하는지
새똥 떨어지듯 집값 떨어질라,
경계의 눈초리 속에서도
콘크리트 담벼락 떠날 수는 없어
사람들 발치에서 모이를 줍고 새끼를 치며
가석방의 기대도 사면의 희망도 두렵기만 한 장기수
출역도 면회도 없는 일요일
비 오는 옥상 턱에 줄줄이 쏘아보는 수리 눈들

유리문을 닫고 돌아서는
꽁무니에 깃이라도 한줌 돋을 것 같아
비둘기에게 모이 주지 말라는 반상회보를 떠올리며
건빵이나 한봉지 쪼러 나가야겠네

일죽휴게소

지구에서
태양까지의 평균거리는 일사구오공사이공일 킬로미터
달까지의 평균거리는 삼팔사사공삼 킬로미터라는 걸
외운 건 사학년 때

삼백만 킬로미터를 지나 휴게소에서 잠드네
능소화 덤불 아래 앨버트로스보다 넓은 날개를 펴고
아틀라스산맥과 지브롤터해협과 우랄산맥을 넘네

꿈에서도
평균연비와 평균속도와 짐의 톤수를 노트에 적네
짐칸에 채웠던 것들을 줄자처럼 늘여
하늘 높이 길을 닦네
삼년쯤 달리면 달에 도착해
다시 삼년이면 지구로 돌아올까, 더 멀리
소혹성 지대에도 국밥집이 있을까

사람들은 알 수 없네
이십년 넘게 나와 내 차가 어딜 갔다 왔는지

묻지 않는 걸 말해야 하는 건 쑥스러운 짓
지금 삼백만 킬로미터를 지나네
딸아이가 애넌데일 성당에서 결혼사진을 보내온 밤
바퀴에 능소화 꽃이파리 물드는 여름

일곱잎의 9가 일곱겹 0으로
세번 바뀌었을 뿐

심장을 데리고

  넌 죽으려는 것 같구나, 시동이 꺼질 때 전면 유리 안쪽에서 떨리는 얼굴 피스톤들은 관짝 같은 실린더 안에 드러눕는다 폭발의 흔적이 몸 가장자리로 건너오는 시간 심장엔 검은 피가 가라앉는다 마음이 바뀌는 건 오일 압력 때문일 거야, 반짝이는 쇠의 머리가 그리는 압축비 곡선을 따라 휘파람 휘휘 하늘로 풀어진다 나고, 사랑하고, 이별하고, 죽어라 한생을 흔들리는 거울 속에 기울여본다 피스톤의 높이를 정하는 크-랭-크-샤-프-트 천천히 천천히 회전이 그칠 때 별빛은 거짓 살 떨리는 이것만이 유일한 진실 누군가 이그니션 스위치를 돌릴 때 접점의 한순간을 기억하려고 말간 눈으로 차체는 운다

  몸통 속에 한쌍의 실린더와 피스톤을 끼워 땅 위로 내려온다

빵꾸를 때운다

때울 수도 없게 된 타이어는 왜 '파스 났다'고 하는 걸까 다 지나갔단 말인지 건너느라 고생한 시간의 발모가지에 파스라도 한장 붙여주란 소린지 투타타타, 휠 너트 풀어내는 임팩터 노즐에서 튀어나가는 바람 말랑한 고무 속 가느다란 철사를 철심으로 버티게 하던 저 바람 누르고 눌리다 철사 끊긴 자리, 바깥 면이 밤톨만 하게 부풀 때 이미 사발만 한 혹 생겨버린 깜깜한 안쪽을 누가 알았겠어 네 속에서 바람이 빠지고 빠져 휠 대로 휜 갈빗대 접히는 순간 주저앉은 건 내 몸뚱이였지만 그땐 비눗방울 부푸는 것도 꿈이라 여기던 시절 왜 구멍 난 타이어에선 오줌 냄새, 말라붙은 눈물 냄새 같은 게 새어나오나 그 냄새만 맡으면 자꾸 내가 마려워 못 먹은 마음도 못 삼킨 마음에도 찔린 곳 다시 찔리지 말자고 동전 하나 얹어 고무 딱지 붙인다

주먹 망치로 퉁퉁, 두들겨준다

* 대형 트럭의 타이어는 구멍 난 곳을 동전으로 덮고 패치를 붙이기도 한다. 백원짜리는 부적이고 오백원짜리는 주술쯤 된다.

용치는 남자

꼬리 밑을 만지면 심장이 푸르르 요동치고
잔뜩 굳어 있던 비늘이 흘러내린다
펜치와 드라이버가 그의 손
기름때 묻은 몇가닥 전선에
용들은 퉁방울눈을 내리깔고
진흙 묻은 발바닥도 조심스러워진다
아무에게도 보여주지 않던 배 속의 돌을 꺼내려
밑을 활짝 벌리고 주저앉는 꼴이란 손가락 하나로
날아가게도 영원히 눈 뜨지 못하게 할 수도 있다면
커다란 덩치란 별게 아니지
그는 정원에 떨어진 수염 조각을 쓸어 담고
연못에서 비늘 조각을 주워낸다
개복숭아나무 그늘에 졸던 용이 비닐호스 물줄기에 놀라
덜 익은 복숭아를 떨어뜨리기도 한다
저녁이 되면 온몸 가득 불을 밝힌 용들이
떼 지어 그의 동굴집 앞을 지나간다
거대한 공장의 활화산에서
쉼 없이 흘러나오는 석회석을 삼킨 뱃구레들이
털렁털렁 불과 연기를 흘리며

어딘가의 빈 분화구를 찾아간다
그는 동굴 문을 여미며 언덕을 쳐다본다
아침이면 밤새 날다 지친 용들이
또 정원에 와 또아리를 틀고 있을 것이다

* 언젠가 박달재 아래 '안전밧데리' 유건상 형에게 이 시를 드리기
  로 했다. 밤늦어 퇴근하게 만든 적이 하도 많아서.

어떤 법

  태풍 부는 날 빈 컨테이너를 싣는 기사들은 일부러 섀시
와 박스의 체결 핀을 채우지 않고 다닌다 옆바람을 받은 박
스가 차체를 뒤집어버릴 수도 있기 때문

  체결 핀을 풀고 다니는 게 불법이란 건 적재함이 공중에
뜰 때 거기 칼산 절벽이건 물이던 불이던, 내가 열여덟개의
바퀴와 함께 날아가 처박혀야 한다는 것

  그쯤 되어야 운명이랄 게 있을 것 같아 생각하면 어쩐지
눈물 나는 법

제 5 부

목련 한 대가리

목장갑은 금방 때 타고 해져 빨간 코팅 장갑이라고 더 정
열적인 건 아냐 일용직과 모퉁이 치킨집 사이는 뒤집어도
달라질 게 없는 두께가 문제야 목 긴 청장갑은 이지적으로
보이지만 불보다 뜨겁고 얼음보다 찬 게 이 바닥엔 널렸어
장갑은 흰 장갑이지 목련의 흰빛을 의심할 때 물관의 촉촉
함을 생각하게 돼 가끔 눈처럼 흰 장갑들이 가위질하고 기
념식수 하고 사라지는 유리문 안쪽 닦고 조이고 기름칠하다
허공으로 날아가는 장갑은 결투 신청 같아 꽃잎에 찍은 고
무줄 무늬 희미하게 세월 가 구멍 난 곳을 때우러 손금도 가
남은 바닥에 코를 박고 눈 녹은 냄새 흥흥, 낡은 수첩에 대가
릿수*나 적는 저녁엔 목련이 싫어

* 공임 수.

묵계

물병 꺼내다 어깨를 삐끗한다 쪽쪽쪽, 숲에서 들리는 쏙독새 울음 저 새가 울면 아카시아꽃이 핀다 핏줄 속 작은 종들이 울린다는 건 습관이었을까 예언이었을까 뱃사람들은 지금도 우현을 스타보드라고 말한다 대대로 전해내려오는 한밤의 출항 별들이 빛나는 곳으로 뱃머리가 돌아갈 때 쏙독새와 아카시아는 서로의 우측으로 비켜간다 변침된 꿈속에선 누군가 명랑하게 손 흔들며 떠나기도 한다 하드 스타보드*! 각자의 울티마 툴레를 향해

* 항해 용어. 진타 우회전을 뜻한다.

양배추에 대한 몽상

오늘 새벽 NASA의 중대 발표는 지구에서 태양까지의 거리가 태양에서 지구까지의 거리와 같다는 것 누구도 귀담아듣지 않는 학설을 생각한다 너와 나 사이의 거리는 왜 나와 너 사이의 거리와 다른가

창가에 도달하는 빛의 편차와 산란, 중력의 렌즈 효과에 대해 너무 오래 생각하다간 눈이 멀지도 모른다 그러니까 꿈속에 나타난 네가 강조했던 건 식탁도 아니고 속옷 차림도 아니고 입속에 꾸역꾸역 밀어넣던 양배추쌈이었을 것 양배추만큼 간상세포에 좋은 건 없으니까

잘…살…길…바…라… 스쳐가는 불과 얼음처럼 깜깜한 시간 속을 주어도 목적어도 없이 떠돌 문장의 기원을 보려면 내 눈이 양배추 잎사귀처럼 길고 넓어져 전파망원경만큼의 가시거리를 가져야 한다

그러나 원래 정해지지 않은 궤도를 어떻게 계산할 것이며 없는 대가리 꼬리는 무엇으로 확인할 것이냐 어딘가엔 양배추들이 걸어다니는 마을이 있어 언덕 가득 사람의 싹이 자

라고 있을지도 모른다

잊거나 잊히거나

코요테 한마리 독약 먹고 죽은 쥐를 삼켰죠
숨 끊어지기 전에 도끼로 꼬리를 내려치세요
뼈와 살이 잘리는 것 내장이 타들어가는 것
더 견디기 힘든 건 무엇입니까?
제게도 꼬리의 흔적이 있어요
피거품이 입을 막아 한마디 말 내뱉지 못했죠
손톱 발톱 다 빠지도록 바닥을 긁던 저녁
번갯불 관통하는 아픔으로 덮어야 했던 게 무엇이었는지
누군가는 내 꼬리를 잘라주어야 했고
나도 어떤 이의 꼬리를 모래언덕 깊숙이 묻었답니다
막 도착한 당신, 모래성 속으로 초대합니다
노을과 바람으로 몸을 씻었어요
모래 미소와 모래 눈물로 배를 채우고
모래의 테라스로 걸어오세요 떠나간 모든 게
남아 있는 그림자를 안고 춤을 춥니다
잊지 마세요, 다 잊어버리세요 원반 같은 달 아래
엉덩이에 빗자루를 매단 코요테들이
발자국을 쓸어줍니다
스러지고 스러지고 스러질 마을

우리는 잘 마른 해골로 무도회장을 장식합니다
꼬리에 손대지 마세요
이곳의 예의랍니다
코요테 한마리 독약 먹고 죽은 쥐를 삼키면
도끼로 꼬리를 잘라주세요
더 늦기 전에 아주 늦기 전에
그게 우리의 약속이었죠

49

보이십니까?

바라보면 제 방이 보이십니까?

죽은 난초와 하얀 코끼리와 식탁

난초를 살리려 불면의 밤이 밝아옵니까?

북쪽으로 창이 난 저수지 옆 작은 집

느릿느릿 걸어나간 시간이 되돌아옵니까?

이월의 졸업식은 내년에도 성대합니까?

검정 가운을 입은 까마귀들이

계단에 늘어앉아 카메라를 바라봅니다

잊어버리는 법을 가르치지 않는 학교가

아직 폐교되지 않았고요 추운 날에만

부어 — 부어 — ㅇ 우는 부엉새들이 호프집에 앉아

돌아앉은 마음 되돌리는 법에 대해 토론합니까?

그러다 먹지도 못할 것!

다 잊어버리고 노가리 한접시 추가합니까?

타고 다니지도 못하고 잡아먹지도 못할 것!

흰 코끼리를 제 방으로 추방합니까?

저는 무굴의 왕, 터번을 두르고 흰 코끼리와 인사합니까?

왕비를 돌보지 않고 정사도 돌보지 않고

흰 코끼리만 쓰다듬었습니까?

아침저녁 황금 물뿌리개로 목욕시키고

공작새 깃으로 속눈썹 다듬어줍니까?

달밤에 코끼리와 산책합니까?

질투하는 왕비와 노한 백성들에게 쫓겨납니까?

코끼리를 업고 다니느라 무릎과 허리가 작살났습니까?

저수지 옆 작은 집 탁자가 되었습니까?

탁자 위에서 지나간 영화를 후회합니까?

코끼리처럼 걸어나간 마음에 대해 생각합니까?

바위에 문질러도 지워지지 않는 기억을 기억합니까?

흰 코끼리와 죽은 난초가 있는 방의 의자가 되어

내년에도 학교에선 졸업식이 열리고

까마귀처럼 학생들은 잊지도 않고 계단에 앉아

슬로우 셔터로 찍힌 원경에

죽은 난초와 하얀 코끼리와 제가 조금 흔들립니까?

삭제되었습니까? 이 모든 것, 수신 거절입니까?

무엇으로 사는가

투브루크 시장에서 말 한필 샀네 냄비 하나와 모포 한장
도 어디로 가세요? 두꺼운 책을 뒤적이다 모포로 하늘을 뒤
집어씌웠지 등은 서쪽에서 꺼줄 것

이것이 무엇일까, 말라버린 오아시스의 두레박 끈일까 책
갈피에 말을 붙들어매던 노끈일까 한때는 밧줄로 여기기도
했지만

투브루크 골목에서 사람들이 다투었네 한 사내는 눈이
빨랐고 다른 사내는 발이 빨랐다 그럼 사막여우는 누구의
소유?

젖꼭지 옆 세가닥 털을 가만히 당겨보네 양이 한마리 말
이 한마리 한마리는 낙타, 언덕 위 어둠을 말리며 투브루크
사람이 말했지

그믐밤 세가지 짐승의 털을 꼬아 밧줄을 만들면 어떤 것
이라도 잡아올 수 있소, 밤의 꼬리를 슬쩍 만지던 상인처럼
이불 속에서 헤아려보는 털 하나

나 하나, 한낮의 거리를 지나다 셔츠 속에서 누가 날 잡아
당길 때 있네 그건 지난밤 말뚝에 묶어둔 걸 잊었기 때문

석유가 나온다

공룡은 어디서 뭘 하고 다녔기에 우리 집 뒷밭엔 석유도 없었을까 밤의 책상은 발굴 현장 같네 오늘은 산 소를 묻으려 구덩이를 판다 소눈깔 깊고 그윽해 지금도 먼 섬 우주를 엿보는 기분 구약의 므두셀라는 천살 가까이 살았다는데 브루셀라, 새끼를 유산하게 만드는 인수(人獸) 공통 전염병 셀라, 셀라 침출수 막으려 비닐 깔아놓은 구덩이 안으로 우리 노인네 두살배기 암소 끌고 입장하시고 가축병원 원장님 빛나는 유리주사 한방에 풀썩 꺾이던 소의 무릎에 대해 쓰네, 쓸어보네 트랙터 바퀴와 삽날 붕붕, 흙먼지 날리는 책상 위를 손가락으로 걸어 소가 울고 공룡이 울고 내가 울리네 발자국 끝에서 문장은 문장을 낳지 못하고 오, 이런 셀라, 천불 끓어오르는 밤낮을 또 구덩이에 던져넣는다 세월이 흐르면 드디어 손바닥에서 내가 싸돌던 검정 백지 위에서

햇까이

할머니는 날 햇까이라고 불렀다 어린 햇까이를 배 위에 올려놓고 말 탄 사람 끄덕, 소 탄 사람 끄덕, 노래 불러주었다 나는 참나무 껍질 같은 손을 붙들고 돌기와 지붕 위로 집을 내려다보던 밤나무 세그루 위로

그들은 알았을까, 소를 타고 말을 타고 우리 집 햇까이 떠난다는 걸 뜨겁게 달아오른 엔진 위에 누울 적마다 쪼록쪼록 오일 흘러내리는 소리 실린더 속 공기 새어나가는 소리 손가락 끝에 침 발라 문을 낸 거지 마당 가 무쇠 소를 끌고 불의 구렁말 타고 구름 그림자 드리운 나라

넓고 멀어라, 흰 숲속 푸른 기둥 벽 없는 집에 사는 사람들 갓 잡은 멧돼지 뒷다리를 눈 녹인 물에 삶아 먹고 나는 잠든다 그들이 내게 가르쳐주었다 까이는 사람, 네 이름은 해의 사람, 해 뜨기 전 그들은 집을 허물어 더 깊은 숲으로

나는 트레일러 운전석으로 돌아온다 출렁거리는 해 아래 말 탄 것처럼 소 탄 것처럼 끄덕거리며 언제나 날아가는 우리 집 햇까이

'쏘가리-되기'와 '강'의 현실

황규관

1

이 시집의 표제작이며 '개인' 이정훈에게 '시인'으로서의
공생애를 열어젖혀준 작품이기도 한 「쏘가리, 호랑이」에는
시인의 영혼에 아로새겨진 지난 시간의 무늬들이 "끊일 듯
끊일 듯" 넘실거린다. 작품에 즉해 보면, 할애비와 큰아버지
와 아버지의 산에서 강으로 돌연 삶의 방향을 튼 사람은 시
의 화자이다. 그런데 산을 버리고 강으로 전향한 것이 아니
라 산을 품은 채 강으로 갔다고 읽는 게 맞을 것이다. 왜냐하
면 이 작품은 산의 골격을 강의 뼈로 치환하고 있기 때문이
다. 「이취(泥醉)」에서 "나라는 놈은 벌써 오래전" "강물에 취
해"버렸다고 고백했지만 산은 이미 시인의 전사(前史)를 탄
탄히 구성하고 있었다. 그것을 시인은 명료하게 인식하고

있는 듯하다. 「쏘가리, 호랑이」 말미에서 다음과 같이 말하고 있기 때문이다.

> 좌향(坐向) 한번 틀지 않고 수십대를 버티는 일가붙이들
> 지붕과 지붕이 툭툭 불거진 저 산 줄기줄기
> 큰아버지가 살고 할애비가 살고
> 해 지는 병창 바위처마에 걸터앉으면
> 언제나 아버지의 없는 손가락, 나는
>
> ──「쏘가리, 호랑이」 부분

  사실 이 작품에 힘을 불어넣는 대목은 "내가 작살을 움켜쥐어 물속 산맥을 타넘으면"에서부터 "하루하루 집을 잊고 아버지를 잊었다"까지이다. 여기에서 시의 화자는 존재의 변신을 꾀하는데, 이 변신은 현대의 문화적 분위기와는 전혀 다른 방향으로, 그리고 사뭇 다른 양상으로 이루어진다. 이 점이 이정훈의 첫 시집에서 가장 도드라지게 나타나는 정서 운동이다. 그것은 아마도 시인의 몸에 남겨져 아직도 지워지지 않는 지난 시간의 감각 때문일 것이다. 시인 자신도 모르게 자꾸 되살아나는 것으로 보이는 그 감각이 가장 구체적으로 드러난 작품은 「족두리 도적」이다. 그런데 쏘가리를 잡으면서 남겨진 느낌이 그대로 재현되어 있기는 하지만 그 재현은 회상의 방식이 아니다. 회상은 과거를 현재의 심리 상태로 개칠하는 경향이 있는데, 이정훈이 지난 시

간을 불러들이는 방식은 그것과는 달리 현재의 자신을 과거의 시간으로 개방하는 것이다. 그랬을 때, 쏘가리를 잡던 시의 화자가 어느새 쏘가리가 될 수 있는 것이다.

> 함박눈 펄펄 버들방천 앞 핏방울 흘러간 내 열일곱
> 신행길 분내 맡은 화적패처럼
> 냇내 피어오르는 갈대밭 속
> 지금도 말방울 같은 것이
> 떨그렁, 떨그렁
>
> ──「족두리 도적」 부분

쏘가리를 잡다가 쏘가리가 된 것은 그러나 의식적인 제스처이거나 시적 기획의 산물이 아니다. 자연으로의 회귀도 아니고, 문명에 대한 일차원적인 거부 심리에 기인하는 것도 아니다. 현재 자신의 노동인 운전을 통해 화물 트레일러와 일체감을 느끼는 것에서도 확인할 수 있듯이, 이정훈은 자신이 경험한 사물과 어느 지점에서 연결 접속되는 역량을 지닌 듯 보인다. 그래서 강과 물고기, 기타 동물들을 토템으로 읽는 것은 적절하지 않다. 이정훈의 작품을 비평의 침대에 눕혀놓고 욕망의 언어로 재단할 때에만 그런 진단을 내릴 수 있을 뿐이다. 정작 이정훈의 감각은 자신을 둘러싼 존재들과 직접적으로 연결되어 있으며, 그것은 별난 개념어로 포획되기 전에 독자가 느낄 수 있는 영역에서 빛난다.

2

　이정훈의 이번 첫 시집은 그의 언어가 얼마만큼 구체적인 사물과 사건에 토착화되어 있는지 여실히 보여준다. 그것은 주요하게는 두가지로 나타난다. 고향의 산과 강에서 흘러나오는 언어들과 그의 노동수단을 통한 언어의 물줄기들.

　이반 일리치의 언어에 대한 통찰은 오늘날처럼 (자본이 지배하는) 국가와 사회의 공인 언어와 토착 언어를 구별하기를 요구한다. 그는 공인 언어를 '교습되는 언어'라 부르고 이 언어에는 비용이 많이 들어가 있다고 지적한다. 그리고 "언어는 비싸졌습니다. 언어 교습이 하나의 직업이 되면서 언어 교습에 쓰는 돈이 많아졌습니다"라고 말하며 "교육이라는 이름으로 이루어지는 대부분이 실은 언어를 가르치는 것이지만, 귀와 혀를 길들이는 공공사업이 교육만 있는 것은 절대 아닙니다. 행정, 연예, 광고, 뉴스 종사자가 거대한 이익집단을 이루어 제각기 언어라는 파이에서 큰 조각을 차지하기 위한 싸움을 벌이고 있습니다"라고 덧붙인다. 반면에 토착 언어는 "팔다리 힘이 좋아지는 도구와 손재주를 주로 사용하여 자연으로부터 동력을 가져온 것처럼" "한 사람 한 사람 냄새를 맡고 만지고 사랑하고 미워할 수 있는 사람들과 만나는 문화 환경에서 가져온 것"이라고 말한다.[1]

　이러한 관점으로 이정훈의 작품에 다가갈 때 사태는 조금 더 명료해진다. 물론 이정훈의 작품을 국가와 자본에 의해 교습되는 언어의 반대쪽에 도식적으로 세울 필요는 없다. 도리어 이정훈의 작품에서 국가와 자본에 대한 예민한 자의식은 그렇게 선명하게 드러나는 편이 아니다. 다만 지난 시간의 감각과 거기에서 흘러나오는 언어의 성격이 "한 사람 한 사람 냄새를 맡고 만지고 사랑하고 미워할 수 있는 사람들과 만나는 문화 환경에서 가져온 것"에 가깝다는 점에 주목할 필요는 있다. 그런데 그의 영혼에서 꿈틀대는 것은 그가 만난 사람들의 삶만이 아니다. 특히 강과 강에 사는 물고기인 쏘가리의 영혼과 이어져 있는 어떤 독특함은 시의 화자가 쏘가리를 잡으면서 쏘가리가 되곤 한다는 점에서 절정을 이룬다.

어떤 쏘가리가 머물던 자리는 하도 아늑해 내가 들어가 눕고 싶더군 누가 옆구리를 찔러 바위굴 속에서 꺼내주었으면 버들가지에 아가미를 꿰어 덜렁, 돌미나리, 햇무, 당파 위에 도토리 고깔 같은 심장도 떼고 창자 부레 싹 비우고

―「무릉(武陵)에서」 부분

1) 이반 일리치 「언어는 언제부터 상품이 되었나?」, 『과거의 거울에 비추어』, 권루시안 옮김, 느린걸음 2013.

눈여겨봐야 할 것은 시인의 태도가 매우 물질적이라는 점인데, 지나친 자아과신 시대에 이러한 태도는 사물과 사건에 대한 감상을 통어하는 역할을 하는 듯 보인다. 따라서 이 시집을 읽으며 내내 떠나지 않는 가장 큰 궁금증은 '어떻게 이런 관점이 변주되고 있는가'일 것이다. 거리낌 없이 다른 목숨과 몸을 바꿀 수 있는 이같은 상상력은 시의 화자가 그것들과 동일한 존재론적 바탕 위에서 실존하고 있다는 무의식을 가졌기 때문에 가능한 것이다. 그리고 그 무의식은 강과 강에 사는 생명체들과 신체적 상호작용을 통해서 만들어졌음은 분명해 보인다. 결국 이러한 유물론적인 태도는 시인으로 하여금 경험에 대한 기억으로 세계를 받아들이게 한다.

「소설(小雪)」은 "소금 눈 흩뿌리는 강마을"에서 벌어진 술자리로부터 시작되는데, 그 술자리의 주인공들은 "범살 호랑이, 아시내 산돼지, 굴어귀 외팔 곰"이다. 이 짐승들이 실제 누구냐 하면 바로 "큰고모부, 작은고모부, 작은고모부 동창"이다. 시의 화자는 그들을 통해서 징용 이야기도 듣고, 전쟁 때문에 "앵두꽃 만발한 외나무다리 앞"에서 "아름다운 처녀와 이별"해야 했던 이야기도 듣는다. 그렇게 얻은 서사 때문에 "까마득 우리 집이 날아올라/뒷문 앞 배나무 가지가 흔들"리고, 그들의 술추렴이 피워올린 개구리 굽던 연기 냄새가 지금도 난다고 고백하는 장면 역시 이정훈 시인이 지닌 정서의 골격이 어디서 만들어졌는지 가리켜준다.

그런데 시인이 간직하고 있는 정서의 골격이 구체적인 사물과 사건으로 만들어졌다고는 하지만 그것의 외형인 작품의 분위기가 어딘가 낯익지 않은가? 우리는 여기서 백석의 시풍을 떠올릴 수밖에 없는데, 시인 자신의 가계사를 다룬 듯한 「밤나무집 가계(家系)」만 봐도 그렇다. 그리고 사물과 사건을 종국에는 다른 사물로 바꿔치기해서 보여주는 우화적인 방식도 오롯이 그와 같은 느낌을 준다. 이것이 이정훈의 시적 표현법의 핵심으로 보인다. 하지만 앞에서 말한 '존재의 변신'이 더 활달해지지 못한 채 어떤 제약에 맞닥뜨린 것 같은 느낌을 주는 것도 이러한 언어 전략 때문일 수 있다. 다시 말하면, 이정훈은 언어를 자신의 기억과 인식 앞에 세운다. 그것이 과거를 표현할 때에는 독특한 서정을 드러내는 데 특기를 발휘하지만, 현재를 노래할 때에는 약간의 무력감을 동반한다.

3

「산업전사위령탑」은 강원도 태백시 황지에 있는 산업전사위령탑을 소재로 한 작품이다. 이 위령탑은 탄광에서 일하다 산업재해로 사망한 노동자들을 기리기 위해 1975년에 세워졌다. 당시 대통령 박정희가 친필로 휘호하고 노산 이은상이 비문을 지었다. 1연에서는 알레고리를 사용해 탄

광 노동자들이 기만당한 역사를 말하고, 2연에서는 위령탑에 새겨진 부조를 설명하고 있다. 그런데 3연에 와서는 "박왕(朴王)이 휘호를 내리고 탑 뒤의 비문은 노산이 도맡던 시절"까지만 말하고는 더 나아가지 못하는 아쉬움을 준다. 앞서나가는 언어를 기억과 인식이 받쳐주지 못할 때 벌어지는 일이다. 또 언어가 앞서나가는 대부분의 시인들에게서 나타나는 일반적인 현상이기도 하다.

"2015년 여름, 기아자동차 비정규직 노동자 최정명, 한규협이 국가인권위원회 빌딩 광고탑 위에 올라가 농성을 했다"라는 각주가 달린 「아이슬란드」도 이와 비슷한 느낌을 준다. "오리"로 화한 노동자들이 "광장 넘어 들판을 지나/힘센 오리들이 태어나게 해달라"고 "육지가 끝나는 곳/바닥이 바닥을 밀어 빛과 어둠이 교대하는 곳"으로 "탕, 탕/하늘을 날개로 치며" 날아가지만 「산업전사위령탑」의 마지막에서 아스라하게 들려오는 "두런두런 사내들 목소리" 이상의 것이 느껴지지 않는다.

이러한 비판(?)을 첫 시집의 해설에 굳이 남겨두는 것은, 사물과 사건을 자기주체화에 능동적으로 끌어들이는 이정훈의 아포리아를 인식해야 그의 작품들이 지닌 어떤 공통지점에 다가갈 수 있으리라 믿기 때문이다. 그림자가 사물과 한 몸인 것은 두말할 필요도 없는 객관적 사실이며, 그것의 표현인 시는 심지어 그림자를 만드는 원천인 태양과 사물까지 포함한다.

시를 스피노자의 실체(신), 속성, 양태 개념[2]에 비추어보면 아주 흥미로운 결과가 나오는데, 시인에게 실례가 안 된다면 재미 삼아 한번 해볼 만하다. 시라는 실체는 무한한 속성(정의)을 지닌다. 즉, 시는 은유이다, 시는 음악이다, 시는 정치다, 시는 사랑이다 등등이 이에 해당한다. 시에 대한 각각의 정의를 무한히 늘어놓아도 좋다. 그 속성들 중 일부가 양태인 작품에 표현되는데, 그에 따라 우리는 세속적으로 이것은 연애시야, 아니 그냥 서정시로 읽히는데, 나는 노동시로 읽히는데! 같은 사후 분류를 언어적으로 획책할 수 있다. 그렇다면 이 논리에 비추어볼 때 좋은 시는 무엇일까? 그것은 시의 속성들을 가능한 한 많이 포함하면서 그것들이 적절한 언어로 표현된 시가 될 것이다. 왜냐하면 신(실체)은 무한한 속성을 지니고 있으며, 무한한 양태로 표현되기 때문이다.[3] 개인적인 의견이지만, 여기서 시에 대한 척도는 개방되고 진정한 경합(agon)의 장이 펼쳐진다. 이 지점에서 난해한 시와 평이한 시의 도식적인 구분도 기각된다.

2) 이 세 개념은 『에티카』 '제1부 신에 대하여'에 이런저런 논증으로 제시되어 있다. B. 스피노자 『에티카』(개정판), 강영계 옮김, 서광사 2007.
3) "신의 최고 능력 또는 신의 무한한 본성에서 무한한 것이 무한한 방식으로, 곧 모든 것이 필연적으로 유출되었으며, 또한 항상 동일한 필연성을 가지고 생겼으며"(『에티카』 '제1부 신에 대하여' 정리 17의 보충 2에 대한 주석).

재미 삼아 내놓아본 시에 대한 이런 접근은, 좋은 시에는 단 하나의 의미 또는 메시지만 있을 수 없으며, 여러 울림이 동시에 존재한다는 우리의 누적된 경험을 증명해주는 장점이 있다. 그래서 결국 문제는 시인에게로 돌아온다. 실체인 시를 양태인 작품으로 현현하는 존재가 바로 시인이기 때문이다. 그렇다면 시인에게는 시의 속성을 가능한 한 많이 그리고 깊이 경험하고, 학습하고, 사유하는 역할이 주어진다. 김수영이 "시를 안다는 것은 전부를 아는 것"[4]이라 말할 때, 김수영의 본의는 다른 논리를 거느리지만 겹치는 내포도 적지 않다.

다시 이정훈의 시로 돌아가자. 이 시집의 4부에 실린 작품들은 시인의 생업인 화물 트레일러 운전 경험에서 나온 것이다. 〈민중의소리〉 2013년 2월 6일 자 인터뷰 기사에 의하면, 당시 기준으로 20년간 운전을 했으니 지금은 거기에 7년을 보태야 할 것 같다. 「일죽휴게소」에서도 "이십년 넘게 나와 내 차가 어딜 갔다 왔는지" 사람들은 모른다고 말한다. 시인의 독백에 의하면 "지금 삼백만 킬로미터를 지나"고 있으며, 그 거리는 "능소화 덤불 아래 앨버트로스보다 넓은 날개를 펴고/아틀라스산맥과 지브롤터해협과 우랄산맥을 넘"을 정도이다. 이 진술을 그냥 시적 비유라고 받아들여도 좋

---

4) 김수영 「저 하늘 열릴 때」, 『김수영 전집 2 ─ 산문』(개정판), 민음사 2003, 163면.

고 사실로 읽어도 좋은데, 「용치는 남자」에서 자신의 화물
트레일러를 "밤새 날다 지친" 한마리 '용'으로 비유하는 것
에서 보듯 그의 비유와 사실은 언제나 함께하기 때문이다.

세번째 축을 떨어뜨릴 때마다 누군가의 뒤꿈치 같다는
생각 차체를 떠받치며 일어서려는 힘으로 열여덟개의 바
퀴가 일그러진다 공장 바닥 욱신거린다 산을 무너뜨리고
바위를 빻아 분화구 가마에 구워내다 땅속 스며든 힘이
엉덩이를 걷어찬 거다
———「3축 내린다」 부분

낮에는 캄캄했다 밤이면 환해지는 터널
오르막이 살아났다 다시 죽는 곳에서
오늘은 차 대가리 끄덕이는 절 받으시고
담배 연기나 한줄기 흠향하시오
———「안진터널 지나가다」 부분

'3축'은 화물 트레일러의 중간 부분에 있는 바퀴쌍인데,
구동체인 트랙터에 속한다고 한다. 화물 트레일러가 무거운
짐을 실은 뒤 더 큰 힘을 필요로 할 때 이 세번째 바퀴쌍을
내리면 이것이 '3축을 내리다'가 될 것이다. 「3축 내린다」는
그 순간의 감각을 표현한 시로 읽힌다. 이정훈은 이 작품에
서 그 순간의 차의 상태를 생생하게 묘사하면서 마치 자기

몸의 변화를 옮겨놓듯 한다. "나는 꽃 나는 트레일러, 직렬 6기통 일만 천팔백 CC, 사백팔십마력의 힘으로 한바퀴 돌아오는 태양이다 달이다 다섯겹 꽃잎이다"라고 말하는 것이나, 「안진터널 지나가다」에서 추석날 고속도로를 운전하며 자신의 차에게 차례를 지내게 하는 장면을 보면 시인이 자신의 노동수단인 화물 트레일러와 얼마나 정서적으로[5] 결합되어 있는지 잘 드러난다. 그런데 이는 시의 화자가 어릴 적 살았던 산과 강과 쏘가리들과 맺었던 동일한 관계 양식 아닌가?

4

그런데 여기서 우리는 이정훈의 이러한 변신 능력을 다른 관점에서도 살펴볼 필요가 있다. 다른 존재로의 변신에 관한 예라면 카프카를 떠올릴 수 있을 것이다. 노이만에 따르면 카프카의 작품에는 네가지 변신 모델이 나온다. 첫째, 동물에서 인간으로의 변신. 둘째, 인간에서 동물로의 변신. 셋째, 인간에서 무(無)로의 변신. 넷째, 인간이나 동물 같은 유기체에서 무기체인 인공물이나 사이보그 등 기타 혼종적 존

5) 정서는 신체적 감각, 즉 신체적 만남을 통해 변용되는 것이지 그 역이 아니다.

재로의 변신.[6] 노이만은 "카프카에게서 변신이란 오히려 충격 속에서 섬뜩한 '타자'로, "끔찍한 갑충"으로 나타나는 자아의 경험입니다. 그레고르 잠자는 "내가 어디에서 왔지?"라고 묻지 않습니다. "내가 어디로 가려는 거지, 아니면 어디로 가게 되는 거지"라고도 묻지 않습니다. 그는 "나한테 무슨 일이 생긴 거지?"라고 묻습니다"라고 말하면서 그것은 "아우라도 예측도 없는 변신"이며 "이 충격은 삶의 서술을 불가능하게 하는 위기를 표현"한다고 덧붙인다.[7]

순수한(?) 문학적 해석은 아니지만 들뢰즈의 관점은 다르다. 그에게 카프카의 '동물-되기'는 새로운 시작이며 생성이다. 들뢰즈는 "동물 변신, 그것은 정확하게 말하자면, 동작을 가능하게 하며, 모든 가능한 도피선을 긋게 해주며, 문턱을 넘어서게 해주며, 오직 그 자체로 의미 있는 연속적 응집성 속에 이르게 한다"면서 "카프카의 동물들은 신화 또는 원형과 결코 관계하지 않는다"라고 말한다.[8]

이정훈의 작품에서 보이는 변신이 노이만이 파악한 카프카의 변신과 닮았다는 것을 주장하거나 들뢰즈의 급진적 생성 철학의 자장 안에서 읽기 위해 무리한 인용을 감행한 것

---

6) 게르하르트 노이만 『실패한 시작과 열린 결말/프란츠 카프카의 시적 인류학』, 신동화 옮김, 에디투스 2017, 149면.

7) 앞의 책, 150~151면.

8) 들뢰즈·가타리 『소수 집단의 문학을 위하여 ── 카프카론』, 조한경 옮김, 문학과지성사 1997, 28면.

이 아니다. 이정훈의 작품에서 보이는 변신에는 도리어 그레고르 잠자에게서 보이는 "나한테 무슨 일이 생긴 거지?"가 보이지 않는다. 그리고 현실이 카프카에게 가한 충격, 쉽게 말해 모더니티가 남긴 충격도 보이지 않는다. 시에서 그러한 것들이 은닉되는 것은 너무도 흔한 일이며, 그 은닉이 독자들에게 충격을 주거나 당혹감을 주기도 한다. 시가 독자에게 타자로서 출현할 수 있다면 그것은 작품에 이질적인 당혹감이 배어 있는 경우일 것이다. 그렇다면 이정훈의 작품 안에 들뢰즈가 말하는 기존 경계를 넘어가는 새로운 '도피선'('탈주선'으로 번역되기도 한다)이 내재하는가?

나는 4부와 5부에 실린 작품들을 통해 1부와 2부에 실린 작품들에서 보이는 변신의 역량이 어떻게 변주되는지 애써 살펴보았지만, 시인의 발걸음이 어느 지점에서 멈춘 탓이든 내 깊이의 부재 때문이든 찾지 못했다. 반대로 4부와 5부의 작품들에서 엿보인 시인의 노동이 과거를 재해석한 1부와 2부의 작품들과 어떤 영향을 주고받는지 내 나름대로 헤아려보았지만 이마저도 여의치 않았다. 한권의 시집에 얼마간 정서의 공통 지대가 있기 마련이라면, 이정훈의 첫 시집에 나타나는 그것이 무엇인지 궁금한 것은 자연스러운 일이다. 앞에서 말했듯이 이정훈의 시에서 보이는 노동 현실에 대한 인식은 대체로 시적인 비유를 통해 빠져나가는 경향이 있다. 반면에 노동수단에 시인 자신의 숨결(pneuma)을 불어넣는 태도를 취하고 있는 점은 눈에 띈다. 다르게 말하면, 시인의 노동수단은 아직 사회적 노동 현실과 내밀하게 연결된 것으로는 보이지 않는다. 만일 이정훈의 발걸음이 어디에선가 멈췄다면 나는 이 지점을 지목하겠다.

그렇다면 나는 시인에게 새로운 노동시를 요구하는 것인가? 당연히 그렇지 않다. 다만 시인 자신이 사는 '현실'과 맨몸으로 대면할 때, '-되기'에도 다른 지평이 열릴 수 있을 것이라는 평소 신조 때문이다. (이정훈 스스로가 '쏘가리-되기'를 통해 그것을 증명하고 있다.) 물론 첫 시집이니만큼 이런저런 정서의 갈래들이 혼재하는 것은 당연한 일이지만, 그 여러 씨앗들이 앞으로 어떻게 뭉치거나 흩어져 빛날지는 오로지 '지금' 현실과 대면하는 힘에 의해 결정된다는 것을 말하고 싶을 따름이다.

이정훈에게는 과거의 기억과 현재의 노동 사이에서 휘어지며 흐르는 어지러운 물살이 있다. 그러나 그 물살의 휘어짐이 시에 미치는 힘은 영속적이지 않다. 언젠가는 건너기 쉽지 않은 심연으로 시인 앞에 놓일 가능성도 적지 않다. 하지만 시인이 가지고 있는 역량, 즉 자신이 겪은(또는 겪고 있는) 사물과 사건에 새로운 숨결을 불어넣는 일을 멈추지 않는다면 그 심연은 다른 물살이 될 수도 있다. 새로운 숨결은, 반복되는 말이지만, 현실과의 쟁투에서 만들어지고 그렇게 소용돌이도 시작된다.

서쪽 하늘에 걸린 노을에 아무런 놀람이 없다면 밤은 단지 두려운 어둠일 것이다. 하지만 저녁노을에 움푹 파인 가슴이 살아 있다면 밤은 여명을 향한 설렘의 다른 형태가 된다. (여기서 '노을'을 어떤 경계라고 읽어도 좋다.) 마치 "외씨"가 "캄캄 오래된 햇살"과 "수분과 바람의 생각"을 품고 있듯이 말이다.

여자는
여자들끼리 씨앗 넘겨받아
손가락 하나 깊이
그림자가 차오르는 구덩이

십년 전 신문지에 싼
외씨도 외씨지만
아무렇지도 않게 매달린

캄캄 오래된 햇살
수분과 바람의 생각이 조그맣고 측은해

아이들은 다 꼬깃꼬깃
물음표 하나씩을 쥐고 태어나
장독 뚜껑을 열어놓은 채
마당 끝으로 내닫던 시절을 잊었지

씨방이라나 꽃부리라나

처마 끝 보드라운 흙 위에 바람의 옷섶
단숨에 내리뻗는 뿌리
얇고 구멍 많은 몸속으로 걸어들어가
언젠가 대가리 쪽이 툭 터져

답답해서 혼났네!
주먹 같은 순이 줄기를 당기며
태양으로, 태양 쪽으로 몸이 흔들려

늙은 산과 강물이
헌 포대기를 펼쳐놓은 언덕
몇방울 물이나 거름 한줌 모른 척 뿌리고 가는
사내 꼬투리로 태어나도 좋겠다고

꼬불꼬불 고갯길이
백년 바깥세상 기웃거렸다

—「하루」 전문

黃圭官 | 시인

안개 짙은 날, 병창 앞을 걸어 물속으로 들어갔다. 들어본 적도 없고 믿기지도 않는 광경. 먹이 주는 인부를 따라다니는, 양식장 송어떼를 내려다보는 줄 알았다. 모두 쏘가리였다. 그들은 낮에 나오는 법이 없다. 떼 지어 몰려다니지도 않는다. 사냥꾼은 희미한 태양 빛에 의지해 바위굴 속, 반짝이는 눈동자를 포착하려 애쓸 뿐. 그날은 쏘가리를 찾느라 숨이 차는 게 아니라 어느 놈부터 찔러야 할까, 고르다 숨이 닿았다.

얼마쯤 지나 또 그곳을 지나게 되었다. 어찌 된 일일까. 아무 흔적이 없었다. 나는 물속을 뒤지고 뒤져 결국 찾아내고야 말았다. 나무뿌리처럼 뻗어내린 암반, 좁은 틈에 포개어져 미동 없는 쏘가리들. 찌르고 또 찔렀다. 손바닥만 한 것들은 등 뒤로 내치며. 그들이 비슬거리며 돌아와 다시 작살 밑으로 기어들 땐 당혹스럽기까지 했다.

누군가 지켜보고 있는 것 같았다. 말을 걸지도, 손을 잡아당기지도 않지만 처음과 끝을 응시하는 투명하고 차가운 눈. 주변은 온통 희끄무레한 진이었다. 비늘에서 묻어나와

117

물속으로 번져가는 맑고 미끈미끈한 진액. 그건 한숨이나 눈물 같은 게 아니었다. 해독하지 못하는 물의 기록, 그리고 물고기족(族)의 말. 나는 마을을 불 질러 한 부족을 도륙한 심정이 되었다.

　오래 숨을 참으면 가슴이 터져나갈 지경이 된다. 세포마다 입이 생겨 숨 쉬어라, 공기를 들이마셔라, 아우성친다. 물고기는 눈앞에 어른거린다. 그땐 물 한번 꿀꺽 삼킨다. 한모금 더 들이마시면 몸 어딘가에 구멍이 뚫릴 것 같다. 돌아나오지 못할 게 분명한 깊고 캄캄하고 세찬 구멍. 원고를 들여다보는 눈은 지금도 내 몸에 속해 있지 않다. 오래전의 물결 속을 흐느적대며 하류로 흘러가는 유령, 유령들. 그들이 속삭인다.

　―황금물고기를 삼켰으니, 이제 가시를 뱉겠구나.

2020년 3월

이정훈

창비시선 441

쏘가리, 호랑이

초판 1쇄 발행/2020년 3월 6일

지은이/이정훈
펴낸이/강일우
책임편집/김선영 박문수
조판/한향림
펴낸곳/(주)창비
등록/1986년 8월 5일 제85호
주소/10881 경기도 파주시 회동길 184
전화/031-955-3333
팩시밀리/영업 031-955-3399 편집 031-955-3400
홈페이지/www.changbi.com
전자우편/lit@changbi.com

ⓒ 이정훈 2020
ISBN 978-89-364-2441-1 03810

* 이 책 내용의 전부 또는 일부를 재사용하려면
  반드시 저작권자와 창비 양측의 동의를 받아야 합니다.
* 책값은 뒤표지에 표시되어 있습니다.